For Anna
M.W.

For Sebastian,
David & Candlewick
H.O.

Information   English   Language

Published by arrangement with Walker Books Ltd, London SE11 5HJ

Dual language edition first published 2006 by Mantra Lingua
Dual language TalkingPEN edition first published 2010 by Mantra Lingua
Global House, 303 Ballards Lane, London N12 8NP, UK
http://www.mantralingua.com

A CIP record of this book is available from the British Library

Xuurbadeeddii Beeroolaha

FARMER DUCK

written by
MARTIN WADDELL

illustrated by
HELEN OXENBURY

MANTRA LINGUA

Beribaa waxaa jirtay xuurbadeed aad u nasiib darrayd waayo waxay la noolayd beeroole shaqo neceb oo gaboobay.
Xuurbadeedda ayaa shaqada oo dhan qaban jirtay. Beerooluhuna wuu iska jiifsadaa.

There once was a duck who had the bad luck to live with a lazy old farmer.
The duck did the work.
The farmer stayed
all day in bed.

Xuurbadeedda ayaa saca debedda ka soo xaraysa.
"Hawshu siday u socotaa?" beeroolihii ayaa yeedhay.
Xuurbadeeddii ayaa ku jawaabtay,
"Quwaaq!"

The duck fetched the cow from the field.
"How goes the work?"
called the farmer.
The duck answered,
"Quack!"

Xuurbadeedda ayaa idaha buurta ka soo rogta.
"Hawshu siday u socotaa?" beeroolihii ayaa yeedhay.
Xuurbadeeddii ayaa ku jawaabtay,
"Quwaaq!"

The duck brought the sheep from the hill.
"How goes the work?" called the farmer.
The duck answered,
"Quack!"

Xuurbadeedda ayaa digaagga soo xaraysa.
"Hawshu siday u socotaa?" beeroolihii ayaa yeedhay.
Xuurbadeeddii ayaa ku jawaabtay,
"Quwaaq!"

The duck put the hens in their house.
"How goes the work?"
called the farmer.
The duck answered,
"Quack!"

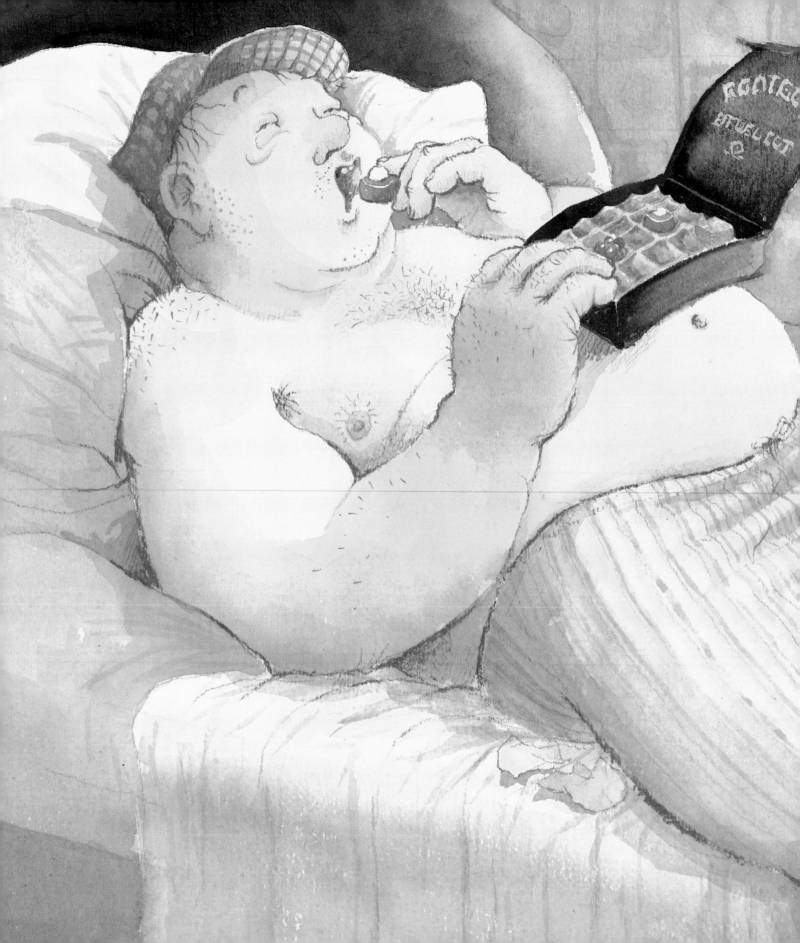

Beeroolihii ayaa siduu u hurday naaxay xuurbadeeddii
miskiinta ahaydna siday maalin walba u shaqaynasay
ayay khaatiyaan istaagtay.

The farmer got fat through staying in bed
and the poor duck got fed up
with working all day.

"Hawshu siday u socotaa?"
"QUWAAQ!"

"How goes the work?"
"QUACK!"

"Hawshu siday u socotaa?"
"QUWAAQ!"

"How goes the work?"
"QUACK!"

"Hawshu siday u socotaa?"
"QUWAAQ!"

"How goes the work?"
"QUACK!"

"Hawshu siday u socotaa?"
"QUWAAQ!"

"How goes the work?"
"QUACK!"

"Hawshu siday u socotaa?"
"QUWAAQ!"

"How goes the work?"
"QUACK!"

"Hawshu siday u socotaa?"
"QUWAAQ!"

"How goes the work?"
"QUACK!"

Xuurbadeeddii miskiintii ahayd
ayaa daal iyo lulo la oyday.

The poor duck was sleepy
and weepy
and tired.

Digaaggii iyo sacii iyo idihii ayaa aad u cadhooday.
Xuurbadeedda ayay jeclaayeen. Markaasay iftiinkii
dayaxa ayay shir qabsadeen oo ay diyaarsadeen
go'aankii ay fulin lahaayeen berri subax.

"XUMBAA!" ayuu yidhi sacii.
"BACAAC!" ayay yidhaahdeen idihii.
"QUQ!" ayay yidhaahdeen digaaggii.
Go'aankii ay gaadheenna kaas
ayuu ahaa!

The hens and the cow
and the sheep got very
upset.
They loved the duck.
So they held a meeting
under the moon and
they made a plan
for the morning.

"MOO!" said the cow.
"BAA!" said the sheep.
"CLUCK!" said the hens.
And THAT was the plan!

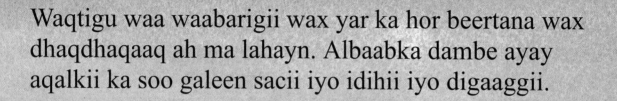

Waqtigu waa waabarigii wax yar ka hor beertana wax
dhaqdhaqaaq ah ma lahayn. Albaabka dambe ayay
aqalkii ka soo galeen sacii iyo idihii iyo digaaggii.

It was just before dawn and the farmyard was still.
Through the back door and into the house
crept the cow and the sheep and the hens.

Hoosta ayay qunyar
dhukuseen, oo dusha
u sii tukubeen.

They stole down the hall.
They creaked
up the stairs.

Markaasaay intay sariirta beeroolaha bustaha hoosta ka galeen ayay xamaarteen. Sariirtii ayaa ruxantay markaasaa beeroolihii toosay oo u yeedhay, "Hawshu siday u socotaa?" markaasaa…

They squeezed under the bed of the farmer and wriggled about. The bed started to rock and the farmer woke up, and he called, "How goes the work?" and…

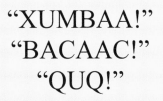

"XUMBAA!"
"BACAAC!"
"QUQ!"

"MOO!"
"BAA!"
"CLUCK!"

Sariirtiisii ayay sare u qaadeen markaasuu qayliyay,
markaasay garaaceen oo beeroolihii gaboobay
marba dhinac u ruxeen oo ruxeen oo ruxeen,
ilaa ay ka soo tureen sariirtii…

They lifted his bed and he started to shout, and they banged
and they bounced the old farmer about and about and about,
right out of the bed…

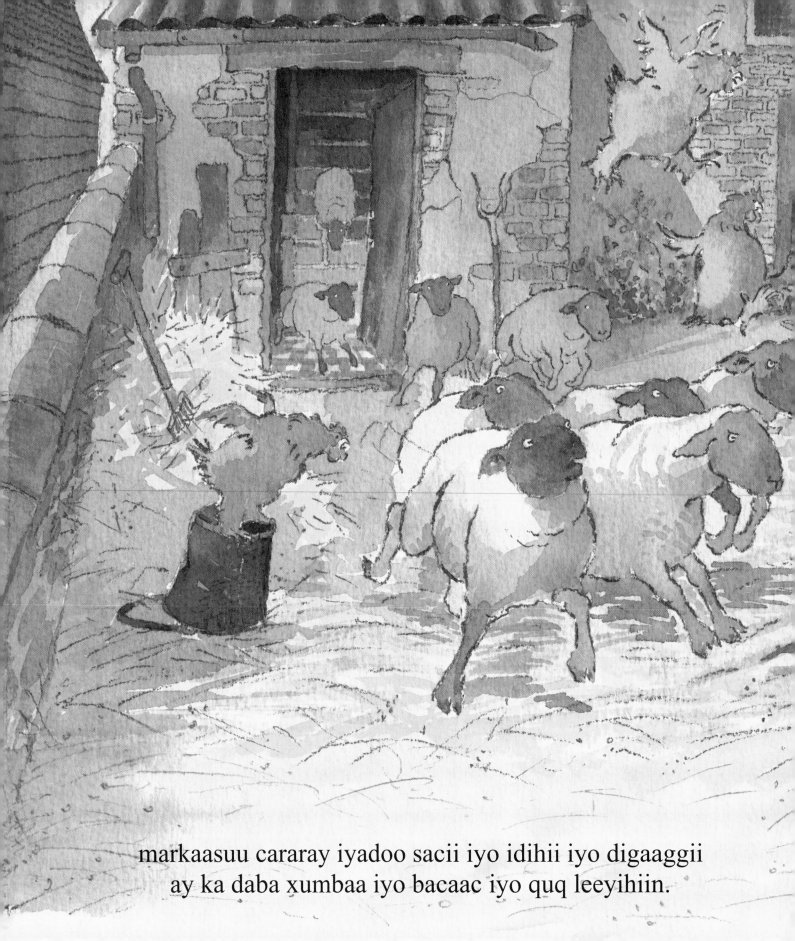

markaasuu cararay iyadoo sacii iyo idihii iyo digaaggii
ay ka daba xumbaa iyo bacaac iyo quq leeyihiin.

and he fled with the cow and the sheep and the hens
mooing and baaing and clucking around him.

Dhabbada ayaa la orday...
"Xumbaa!"

Down the lane...
"Moo!"

oo laga dhexbaxay beerta...
"Bacaac!"

through the fields...
"Baa!"

oo laga gudbay buurta...
"Quq!"

over the hill...
"Cluck!"

weligiina dib uma uu soo noqon.

and he never came back.

Xuurbadeeddii ayay toostay
oo dhex bacaafisay daaradda
iyadoo filanaysa inay maqasho,
"Hawshu siday u socotaa?"
Laakiin cidiba juuq
ma odhanin!

The duck awoke and waddled wearily into the yard expecting
to hear, "How goes the work?"
But nobody spoke!

Markaasaa sacii iyo idihii iyo digaaggii soo noqdeen.
"Quwaaq?" xuurbadeeddii ayaa waydiisay.
"Xumbaa!" ayuu yidhi sacii.
"Bacaac!" ayay yidhaahdeen idihii.
"Quq!" ayay yidhaahdeen digaaggii.
Markaasaa xuurbadeeddii fahantay sheekadii oo dhan.

Then the cow and the sheep and the hens came back.
"Quack?" asked the duck.
"Moo!" said the cow.
"Baa!" said the sheep.
"Cluck!" said the hens.
Which told the duck
the whole story.

Markaasay intay yidhaahdeen xumboo
iyo macaac iyo quq iyo quwaaq ayay
beertoodii ka shaqaysteen.

Then mooing and baaing
and clucking and quacking
they all set to work
on their farm.

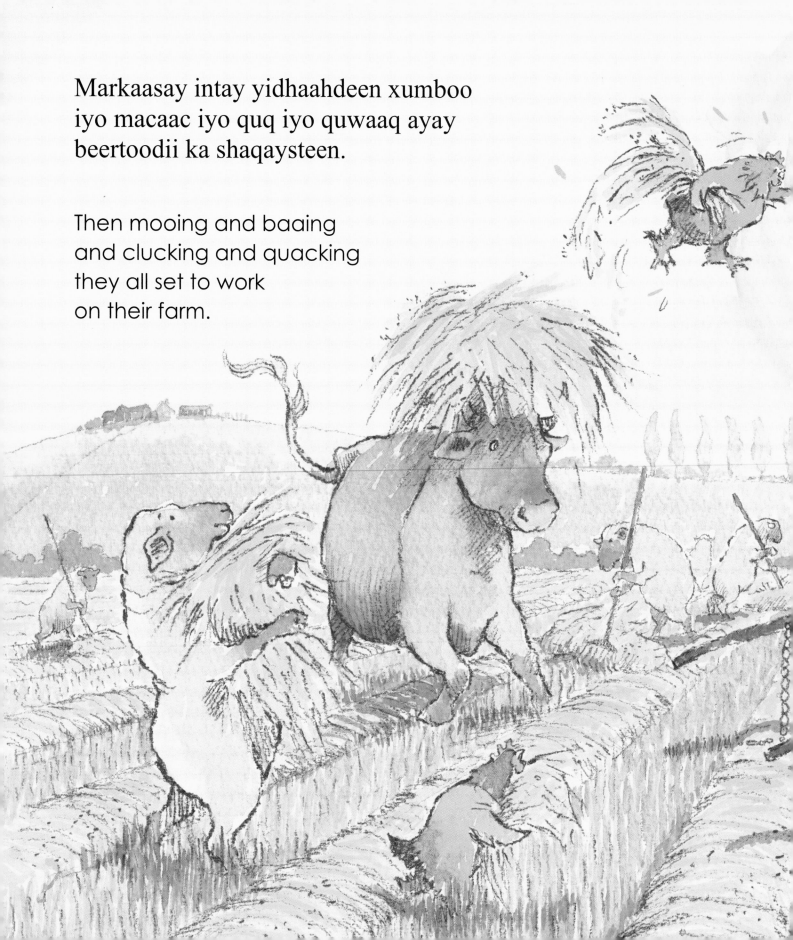

Here are some other bestselling

dual language books from Mantra Lingua

for you to enjoy.